23, 24, 25 ET 26 JUIN 1848.

LA SAINT-JEAN

OU LES

FUREURS DU COMMUNISME

PAR

Cᵉˢ ARCELOT DE DRACY.

Dijon,

CHEZ TOUS LES LIBRAIRES.

(Imprimerie Loireau-Feuchot.)

1849.

LA SAINT-JEAN

OU LES

FUREURS DU COMMUNISME.

LA SAINT-JEAN

OU LES

FUREURS DU COMMUNISME

PAR

Cᵉˢ ARCELOT DE DRACY.

Dijon,
IMPRIMERIE LOIREAU-FEUCHOT,
40, rue Chabot-Charny, 40.

1849.

Dédicace aux Vainqueurs.

GARDES DE TOUTES ARMES, SOLDATS,

Les Historiens et les Poètes fêteront longtemps votre victoire.

Vous avez sauvé du naufrage la France, c'est-à-dire la civilisation, fruit du travail de quatorze siècles et de trois Révolutions sans exemple.

J'ose vous offrir le résultat de mes observations versifiées sur cet événement.

Nous n'immolons plus les boucs et les génisses au Dieu des combats; mais nous élevons nos pensées vers le ciel, où ce Dieu s'est entouré de sa gloire, et nous saluons de nos acclamations et de notre reconnaissance éternelle les Génies protecteurs de l'humanité, qui nous apparaissent à travers les âges comme les instruments de sa main puissante.

Daignez recevoir mon juste tribut d'hommages.

Cte ARCELOT,

DE DRACY.

PRÉFACE.

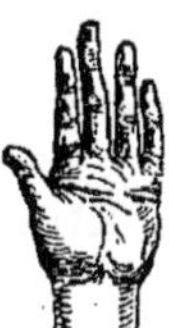

Des choses étranges se passent aujourd'hui sous nos yeux : les guerres civiles hurlent, de l'Occident à l'Orient (1).

Malheureuse trois fois est la génération actuelle, d'avoir à subir l'épreuve d'un aussi dégradant spectacle !

En présence de nos propres déchirements, je viens m'associer aux lamentations de tous les hommes de bien, et je ne fais qu'obéir au mouvement

---

(1) La France, l'Allemagne, l'Italie, l'Espagne, la Turquie, etc., etc., ont encore ou ont eu, tout-à-tour, leurs convulsions.

irrésistible de mon ame, en produisant cet écrit,
triste souvenir d'une page sanglante et d'un jour
néfaste.

Dans cette composition, j'essaie de faire ressortir
les dévouements sublimes d'une horrible lutte, et
je voue à l'exécration les infortunés qui se plaisent
à déverser la coupe d'amertume sur leur patrie.

J'unirai toujours mes pensées à celles des parti-
sans des saines doctrines, afin de cautériser, par de
communs efforts, les plaies envenimées que reçoit
le corps social.

Un jour viendra, peu éloigné de nous sans
doute, où le peuple, enfin éclairé, n'aura plus de
peine à reconnaître ses vrais amis.

RÉCIT.

CHANT PREMIER.

ANALYSE DU CHANT PREMIER.

Physionomie des acteurs du Communisme. — Apparition des Furies infernales. — Cavaignac, investi du commandement, soutient la cause de l'Ordre. — La Garde Mobile se couvre de gloire. — Les Gardes Nationales et l'Armée rivalisent d'héroïsme. — L'Assemblée des Représentants, seul Pouvoir resté debout, et issu de la Révolution de Février, parcourt l'Insurrection en prêchant la Concorde. — Peinture du caractère français. — Sept Généraux et quatre Représentants périssent dans le combat.

LES FUREURS

COMMUNISME.

CHANT PREMIER.

Le parti communiste, au sein de la grand'ville,
A levé l'étendard de la guerre civile ;
Fier colosse ébranlé sur ses vieux fondements,
Paris semble toucher à ses derniers moments.
Les forçats libérés, au cœur d'anthropophages,
Remplissent les faubourgs de phalanges sauvages ;
Le *Rouge,* autrement dit, patriote exalté,
Leur porte son concours pour la communauté ;

De cent clubs ténébreux, où l'on frémit de rage,
Se ruent, comme un torrent, des bandits de tout âge.
A leur aspect tout fuit dans l'immense cité :
Le pillage, la mort, plus de fraternité !
D'un cynisme hideux ces hordes font parade :
Leur croyance est le vol, leur foi la barricade.
Travailleurs de pavés, versant le sang à flots,
Vils assassins, ils vont se poser en héros.

Le communisme veut fonder la République ;
Mais il traîne à son char la ruine publique.
Sa fureur me rappelle un ancien souvenir :
Un savant astrologue a prédit l'avenir ;
Encore enfant, j'ai lu sa grande prophétie,
Qui, dans *Lutetia,* fait craindre l'anarchie ;
Aussi, dans mon sujet, vais-je perdre mes pas,
Si je veux détailler le nombre des trépas.
Minerve, à ton adulte inspire la sagesse ;
Thémis, viens me dicter de tes lois la justesse ;
Et toi, docte Apollon, seconde mon effort !
Des quartiers populeux s'élève un cri de mort :
La timide vertu se cache épouvantée ;
Le crime montre à tous sa face ensanglantée ;

La Seine, dans son cours, murmure un son plaintif,
Et le Dieu des foyers, lui-même, est fugitif.

Alecto, Thisiphone et la fauve Mégère
Planent sur tous les toits, vomissant la colère ;
Eris est sur la place, un serpent à la main,
Répandant à plein bord son plus mortel venin ;
Certain homme au pouvoir, à cet instant suprême (1),
A soutenu, dit-on, l'anarchie elle-même ;
Le monstre au cri perçant vole de toutes parts,
Va de la rue aux quais, du centre aux boulevards ;
L'appel à la vengeance est fait dans les ténèbres ;
Le lugubre tambour suit des convois funèbres :
L'ame reçoit partout, comme en un jour de deuil,
Cet effroi, ce frisson que fait naître un cercueil !
Même pendant le jour, le clinquant des parures
Dans la cité fait place au fracas des armures ;
Le démon du chaos semble être triomphant ;
L'œil ne rencontre plus que son spectre ambulant !

(1) J'ai fait intervenir les divinités infernales, bien que leur règne soit éteint dans nos mœurs, et j'ai admis leur intervention parce que, selon moi, l'épisode qui nous occupe ressemble beaucoup à un retour vers la Fable. Dans cet épisode, en effet, deux camps sont en présence : celui des hommes d'ordre et celui des anarchistes ; or, je n'ai cru pouvoir mieux classer ces derniers, qu'en les reléguant parmi les dieux du paganisme.

L'airain tonne, gémit : un fatal sortilège
Attire sur Paris le dur état de siége.
Là, pendant quatre jours, au nom des libertés,
L'émeute s'est livrée à mille cruautés;
Soldats et généraux, vainqueurs en Algérie,
Ont prodigué leur sang pour sauver la patrie.

Caprices du destin! dans les murs de Paris
Nos meilleurs combattants se trouvent réunis :
Cavaignac en ses mains tient le pouvoir suprême :
Il protège la France en son péril extrême;
Du lourd commandement pour porter le fardeau,
Il compte à ses côtés l'intrépide Bedeau,
Et le fils des combats, preux de Lamoricière;
Des moissons de lauriers couronnent leur bannière :
Sous leur glaive est tombé le lion d'outre-mer,
Le plus brave sultan, l'émir Abd-el-Kader!
Nous avons des essaims de vaillants capitaines :
Les champions français surgissent par centaines!
C'est le terrain qui fait la qualité du fruit :
Changez de sol un plant, c'est un autre produit;
Sur nous luit le soleil, quand d'autres n'ont que l'ombre :
La bravoure, chez nous, sait suppléer au nombre!

Comme d'anciens guerriers vieillis dans les combats,

Des enfants de quinze ans sont devenus soldats :

Le ciel de Février aura ses Thermopyles.

Parmi les bras vainqueurs, sont nos Gardes Mobiles;

Damesme (1) les conduit : sous cet autre Bayard

Ils affrontent sans peur la poudre et le poignard.

De tous ses bataillons il a fait la revue,

Et du premier coup d'œil a jugé leur tenue;

Un plaisir indicible illumine ses traits :

D'un sublime triomphe il ressent les attraits :

« Mes amis, dans vos yeux le courage étincelle;

« L'ardeur de commander chez moi se renouvelle.

« En vous voyant, soldats, mon désir le plus doux

« Est de combattre et vaincre, ou mourir avec vous.

« Marchons, et renversons ces cohortes bruyantes;

« Qu'on célèbre à jamais nos armes triomphantes! »

Ces mots du général ont trouvé des échos :

A peine il a parlé, qu'éclatent les bravos!

Les rangs sont parcourus d'une flamme électrique;

Les contenir serait dompter l'Adriatique !

Des mains des insurgés arracher les drapeaux,

De leurs retranchements faire autant de tombeaux,

(1) Ce brave Général, ayant eu la jambe fracturée sur la place du Panthéon, est mort des suites de sa blessure ; au surplus, il se trouve compris dans une énumération qui suit.

S'exposer tout entiers à la grêle des balles
Qu'empoisonnaient pour eux ces nouveaux cannibales,
Ne penser qu'à l'honneur, mépriser le danger,
Tels furent nos héros, que vante l'étranger.
Leurs faits d'armes connus, aux champs comme à la ville
Rendent fameux le nom de la Garde Mobile.

Gardes Nationaux, venez à votre tour;
De la France, aujourd'hui, vous méritez l'amour :
Vous avez les premiers dissipé les nuages (1)
Qui chargeaient l'horizon, pour se fondre en orages!
A vous il appartient de rendre le ciel pur :
Vous êtes du vaisseau le lest le plus sûr.
Si vous voulez créer la France florissante,
Vous avez ce pouvoir en votre main puissante.
Armés pour notre bien, Gardes Nationaux,
Au signal du tocsin serrez-vous en faisceaux.
Quand, jusque sous vos yeux, par quelque grande orgie,
L'agitateur viendra préparer l'anarchie,
Montrez au monde entier que le peuple c'est vous,
Et que vous combattez pour le salut de tous;

(1) On sait qu'en l'absence des troupes, qui avaient été chassées de Paris,
la Garde Nationale a, seule, dissipé les rassemblements communistes qui
ont eu lieu en Mars, Avril et Mai.

Dans votre dignité gardez bonne prestance,
Et ne tolérez pas qu'on insulte à la France !

Salut ! braves soldats ; de notre honneur jaloux,
La constance au drapeau se fixa parmi vous :
On vous a vu jadis au pied des Pyramides ;
Vous faites en ce jour revivre les Alcides !
Il faut remonter loin dans l'histoire des temps
Pour rencontrer ailleurs d'aussi beaux dévouements.
Sept généraux tués ou morts de leurs blessures
Ont reçu les honneurs de nobles sépultures :
Et Régnault, et Bourgon, ainsi que Négrier,
Damesme, de Bréa, François et Duvivier,
Et d'autres, dont les noms sont un titre de gloire,
Ont scellé de leur vie une insigne victoire !

Chacun s'est empressé de payer son tribut :
Le concours des efforts a fait notre salut.
De nos représentants la brillante assemblée
A lancé des élus au fort de la mêlée :

Des intérêts du peuple ils sont les défenseurs,

Et de nos libertés les zélés protecteurs.

Le Français, cet hercule, est vieux comme le monde;

C'est un fleuve roulant, dès le début, son onde !

Des plus grands horizons ayant trouvé l'accès,

Il sillonne l'espace à travers les succès!

Dans sa marche féconde a-t-il quelques obstacles?

Il invoque ses droits : ce sont ses tabernacles!

Il n'est point de courant qui n'ait eu ses débords,

Point d'état belliqueux qui n'ait eu ses transports!

Notre sang dans nos cœurs facilement bouillonne,

A notre ame un accent subitement résonne :

Nous avons tour-à-tour franchi les monts, les mers,

Et notre extrême ardeur seule a fait nos revers.

Le Français est pétri d'une chair inflammable :

Vous le croyez tombé, qu'il est plus formidable.

Tel astre qui sur nous se voilait vers Gorlitz (1),

Nous éclairait plus tard au combat d'Austerlitz.

Ce peuple impétueux a besoin d'un bon guide :

Il est comme l'aimant, il renferme un fluide;

Cette puissance occulte est l'ame du géant :

Son action sans frein ferait notre néant.

(1) En 1704, les Français ont essuyé la défaite de Hochstet, non loin de
la petite ville de Gorlitz.

Suivant l'impulsion de la main qui le lance,
Travaillant pour le bien ou le mal de la France,
Sans le savoir, cent fois, ce peuple généreux
A servi d'instrument aux complots ténébreux :
Une main invisible, une main sacrilége,
Trop souvent l'a surpris et poussé dans le piége!
On l'entoure à plaisir par des enchantements,
On lui montre à dessein de vains amusements;
Les mêmes éléments, propres aux édifices,
Autour d'eux ouvriraient d'horribles précipices!
Tout homme ambitieux aspirant au pouvoir
Dans le peuple a toujours placé son fol espoir.
Peuple, distingue enfin l'atroce perfidie :
Arrière à qui viendrait désoler ta patrie!
Ouvre tes yeux et vois ce tableau tout sanglant,
Ces proches, ces amis par leur fer s'égorgeant;
Et des fils de Satan, t'entraînant à ta perte,
Repousse les desseins! une porte est ouverte
Où tu peux t'abriter pour protéger tes droits :
N'as-tu pas tes élus, tes vengeurs et tes lois?
Tes braves députés, sur le lieu du carnage
Déploient, pour te sauver, leur ardeur, leur courage;
Je les ai vus moi-même : ils étendaient les bras
Pour saisir un bandeau qu'ils ne saisissaient pas ;

Ce bandeau dont l'impie entoure l'innocence,
Qu'à force d'artifice il pousse à la démence,
Afin de mieux conduire un pauvre infortuné
Sur le bord du ravin que sa haine a creusé!

Nos sages députés travaillent sans relâche :
Malgré la résistance ils rempliront leur tâche.
Ministres de justice, ambassadeurs de paix,
De discours éloquents répandent les bienfaits.
Toujours, avec prudence, ils rassurent la foule :
Le tremblement est tel qu'on craint que tout ne croule!
Le ciel est enflammé d'innombrables éclairs.
Ici, les feux de file épouvantent les airs ;
Là, gisent des lambeaux, restes de chair humaine :
Le sang coule, ruisselle et va rougir la Seine!
Dans le chaud du combat, à cet instant affreux,
Les assistants n'ont plus que ce spectacle hideux!
Les hommes bienfaisants pleurent sur leur patrie,
Et, pour la délivrer, courent donner leur vie.

Nos élus, des soldats s'ils parcourent les rangs,
A leurs yeux font briller des charmes séduisants :

Montrent à leur honneur une gloire nouvelle,
Et posent sur leur front une palme immortelle.

Partout, sur le terrain de l'insurrection,
Parlant aux révoltés de modération,
Cherchent de ces méchants à calmer la colère,
Et s'expriment ainsi, s'efforçant de leur plaire :
« Verrait-on, par hasard, le peuple souverain
« Venir se détrôner avec sa propre main?
« Nous avons remplacé l'ancienne monarchie
« Par l'établissement de la démocratie;
« Que voulez-vous de plus? Prendre le bien d'autrui?
« Loin de le convoiter, prêtons-lui notre appui !
« Toujours l'homme, ici-bas, doit, pendant sa jeunesse,
« Faire un petit trésor pour vivre en sa vieillesse;
« Toucher à cet avoir est le fait d'un voleur,
« C'est, le front découvert, marcher au déshonneur;
« Le Code, de tout temps, nous dit que l'on fusille
« Les gueux qui portent atteinte aux liens de famille.
« Voulant notre grandeur, en l'absence des rois,
« Nous voulons, citoyens, l'obéissance aux lois !
« Tous les peuples anciens qui marquent dans l'histoire
« Doivent à ce principe et leur force et leur gloire;

« Déposez votre haine et cessez ce combat.
« Ne sommes-nous pas tous enfants du même Etat? »
Un tel langage était tout-à-fait péremptoire;
Il était paternel et chassait l'illusoire.
L'émeute répondait par des coups de fusil;
Mettre la France à sac était son parti pris.

Philosophe, à mon aide enfin je te réclame;
Viens défendre ma cause et soutenir mon ame!
Philosophe érudit, réponds-moi : — Le décès,
Pour l'homme, n'est-il pas le gain d'un grand procès?
Pourrais-tu, dis-le nous, faire avorter les crimes
Que cet insensé veut ériger en maximes ? —
Ton doute me suffit : la mort est un bienfait;
Elle rompt dans son cours l'étude du forfait!
Qui donc saurait guérir ce corps dont la gangrène
A rongé les poumons et corrompu l'haleine?
Si la parque nous prend, ne nous en plaignons plus :
Elle est, dans ses rigueurs, ou le prix des vertus,
Ou le terme des maux que notre espèce endure;
Tout est fait pour le mieux dans l'humaine nature.
La raison ne peut rien sur des cœurs endurcis :
Dans leurs forts embusqués, par la poudre noircis,

Les assaillants voulaient mourir par la mitraille,
Ou tomber sous le poids d'une épaisse muraille.

La lutte a coûté cher à nos représentants !
Hélas ! quatre sont morts : génies étincelants,
Que leurs concitoyens orneront de couronnes,
Fleurons plus précieux que la pourpre des trônes !
Duvivier et Dornès, Négrier, Charbonnel (1),
Ce sont là ces héros immolés sur l'autel;
S'ils eurent du pays l'entière confiance,
Ils surent en son nom signaler leur vaillance.

(1) Duvivier et Négrier sont déjà cités parmi les officiers supérieurs frappés dans l'Armée : mais ils étaient en outre Représentants du Peuple.

CHANT SECOND.

ANALYSE DU CHANT SECOND.

Définition du mot Liberté. — Mouvement des Provinces sur Paris. — Dévouement de l'Archevêque. — Sombre tableau des dévastations communistes. — Malédictions contre les Philanthropes qui excitent ainsi les citoyens à s'entre-détruire. — Témoignage de gratitude envers l'Afrique. — Châtiments célestes. — Effroi que causent les guerres civiles. — Vœux patriotiques.

CHANT SECOND.

Tel un superbe chêne étale sans apprêts,
Sa tête gigantesque, au sommet des forêts;
Telle au plus haut des cieux éclate l'auréole
Des vertus dont la France est le plus pur symbole.
Les fastes d'Italie, en grands traits si féconds,
Ne nous transmettent point de plus belles leçons :
Les anciens ignoraient cette chaleur magique,
Que produit dans nos cœurs un mot patriotique.
Quelle langue étrangère, ou le russe, ou l'anglais,
Le grec ou le latin, peut valoir le français?
Il est un mot surtout, dans le vocabulaire,
Que la marche des temps a rendu populaire :

Ce mot ferait trembler le plus fier conquérant,
Et, s'il nous revenait, Alexandre-le-Grand !
Ce mot, nous le voulons appliqué sans licence ;
Pour le conserver pur, il lui faut la prudence.
Sur tous nos monuments inscrit en traits pompeux,
Il pourrait à lui seul rendre le peuple heureux.
L'univers n'a point eu de plus féconde mine ;
Mais la mal exploiter serait notre ruine.
Ce terme généreux, plus qu'un nectar exquis,
Sait exciter les sens, enivrer les esprits ;
Il est du genre humain le tuteur et le père,
Il flotte sur les eaux et remplit l'atmosphère :
Ce mot béni du ciel, ce terme fortuné,
Lecteur, tu m'as compris, c'est le mot LIBERTÉ !
Pour que la liberté conserve son prestige,
Qu'elle éloigne avec soin tout esprit de vertige,
Cet esprit qui souvent arme les factieux,
Non pour le bien de tous mais seulement pour eux ;
Qu'elle ouvre à nos besoins le port de ses largesses,
Et donne le bonheur, la paix et les richesses !
L'Eden que nous promet la douce liberté,
Est le règne chéri de la paternité.
Ce règne ne saurait s'établir sans tourmente :
C'est le rocher battu par la vague écumante.

A son commencement il a reçu le choc :

L'édifice est resté debout comme le roc.

De ses démolisseurs déjouons les intrigues,

Et pour le préserver construisons-lui des digues.

D'une frontière à l'autre, au moment de l'horreur,

La France tout entière a battu d'un seul cœur.

Nos bataillons marchaient du fond de nos campagnes,

Laissant là leurs vallons, leurs troupeaux, leurs montagnes :

A la reconnaissance ils ont acquis des droits,

Et la postérité vantera leurs exploits.

Nos aïeux n'ont point vu plus éclatant prodige

Des bords connus du Tibre aux rives de l'Adige.

Malgré ces tristes jours, gardons le souvenir

Du parfait dévouement que nous montre un martyr :

Le pontife apparaît : sa tête vénérée

Est d'insignes de paix richement décorée ;

Il vient rétablir l'ordre de Jésus-Christ ;

A son sublime élan Cavaignac applaudit :

« Monseigneur, lui dit-il, votre démarche est sainte :

« Elle remplit mon cœur d'espérance et de crainte ;

« Puissiez-vous ramener les brebis au bercail,
« De votre basilique en montrant le portail !
« Le peuple si crédule, à l'envi qu'on égare,
« Peut revenir à lui quand il verra son phare. »
Il dit, et l'héritier de la sainte Sion
Va remplir à l'instant sa noble mission.
Dieu lui donne en ce jour une force nouvelle ;
Il tourne en doux efforts sa bonté paternelle ;
Dans son ministre souffle une ardente ferveur,
Et l'anime soudain d'une pieuse ardeur.
Au camp des insurgés l'homme inspiré s'avance :
La lutte cesse alors, l'émeute fait silence ;
De ce peuple égaré, comme un ange des cieux,
Le saint prélat s'apprête à dessiller les yeux.
A cette voix amie, à cette voix de père,
La foule s'est émue ; elle écoute, elle espère :
Dieu peut la délivrer d'un terrible fléau ;
« Le pasteur veut sauver la vie à son troupeau ! »
L'héroïque vertu de son ame chrétienne
Sans balancer lui fait sacrifier la sienne :
Sur le flot orageux qui le conduit au port,
Le juste ne craint point les horreurs de la mort.
O chute redoutée ! une balle homicide
Commet sur l'archevêque un affreux parricide ;

Dans son sang Affre tombe : un crime est consommé !
« Que ce sang, a-t-il dit, soit le dernier versé !
« La paix soit avec vous ! Seigneur, sauvez la France,
« Souffrez que je lui lègue une vaste espérance ! »

.   .   .   .

.   .   .   .

La prière du sage a monté vers le ciel
Comme un encens qui doit apaiser l'Eternel !
Ses vœux sont exaucés : le triomphe de l'ordre
Est enfin proclamé ; les fauteurs du désordre,
Dispersés et vaincus, fuyant de toutes parts,
Pour se sauver en plaine ont franchi les remparts.

   D'abord le communisme avait, d'un œil farouche,
Abordé le pouvoir la menace à la bouche ;
De plus en plus ardent, de fou solliciteur
S'était changé bientôt en violent agresseur.
Ainsi que dans les airs se forme la tempête,
De même avait grossi de ce monstre la tête.
On l'a vu par trois fois, en mars, avril et mai,
Déployer au grand jour son drapeau sur le quai.
Il ne laisse après lui que l'odeur du carnage,
Que des traces de sang, de débris, de ravage,

Des murs démantelés par l'éclat du canon,
Le linceul de la mort, la désolation.

Maudits soient à jamais ces hommes peu sincères,
Ces esprits envieux, ces sombres caractères,
Dont le plaisir féroce est d'armer tous les cœurs,
Et du pays natal d'exciter les douleurs!
On veut les appeler docteurs socialistes;
Désignons-les bien mieux sous le nom d'anarchistes!
Parmi nos députés, nous voyons, toutefois,
Que le rapport d'enquête en implique au moins trois.
Ces perturbateurs sont : Ledru, Marc Caussidière,
Et le petit Louis Blanc, ce maître du salaire;
Derrière eux luit en plein l'illuminé Proudhon,
Qui veut que de ses biens chacun fasse abandon (1);
Pour sa part, l'inventeur nous apporte en partage
Les appétits brûlants de son instinct sauvage (2).

(1) L'auteur de *La Propriété, c'est le Vol!* n'a pas même le mérite de ce qu'il appelle son invention, que lui dispute Aristophane, poëte athénien qui vivait 436 avant J.-C. — Depuis, Brissot de Warville a délayé l'idée et donné la définition, en sorte que notre contemporain n'est plus que le plagiaire suranné d'une proposition décrépite.

(2) Les habitants des campagnes, qui ont besoin de sécurité pour leur culture, expriment ici, par ma bouche, au citoyen Proudhon, qu'il peut se dispenser de compter sur eux.

Ces chefs auraient voulu ranimer la terreur;
Mais des antres du sol s'exhale un cri vengeur!
Autant sur sa surface on peut nombrer d'atômes,
Autant sont de géants qui tueraient ces fantômes.
Oh! qu'il me semblerait bien plus harmonieux
De n'avoir, dans mes vers, que des noms glorieux!

Rêvons, rêvons sans cesse à la côte d'Afrique,
Depuis longtemps l'objet d'une vaine critique!
Elle nous a donné de valeureux guerriers,
En présence desquels ont fui les émeutiers.
Belle Afrique! en retour de tous nos sacrifices
A ta mère tu rends de signalés services!
Qu'entre nous l'amitié mette en jeu ses ressorts,
Et qu'un lien durable unisse nos deux sorts!

Dans le cours de la vie il est des jours d'épreuve.
Peuple, toi qu'aujourd'hui grande infortune abreuve,
Reconnais-tu la main du Dieu de l'univers
Qui dispose à son gré de mille maux divers?
Qui produit et la foudre, et la peste, et la guerre,
Et la stérilité pour affamer la terre?

Ce Dieu tient dans ses doigts le destin des Etats,
Y répand les vertus, permet les attentats;
Il peut, quand il lui plaît, faire florir les villes
Ou bien les infester par des luttes civiles.
De tous ses châtiments, le feu, le fer et l'eau,
Nous venons d'éprouver le plus rude fléau.

Qu'il fut affreux de voir les fils d'un même peuple
Dévorant leur climat que leur haine dépeuple !
Le sol en a subi de sourds frémissements,
Et les bêtes poussé de longs mugissements !
Dans leurs divisions nous dirons que les frères
S'égorgent beaucoup mieux que tigres et panthères !
N'a-t-on pas vu Bréa, dans un piége entraîné,
De trente coups mortels tomber assassiné ?
Et de soldats meurtris les têtes exposées,
N'offrir plus aux regards que torches embrasées (1) ?
Oh ! ces corps palpitants sèment au loin l'effroi !
Ces cadavres tronqués, d'ici je l'entrevoi,
Dans d'éternelles nuits porteront l'épouvante !

____

(1) On a vu les Insurgés faire des lampions en introduisant de l'huile et des mèches dans la bouche de malheureux soldats décapités, et principalement de Mobiles, sur la défection desquels ils avaient compté, le tout afin de terrifier les esprits par ce spectacle épouvantable.

Les songes brandiront cette lame sanglante
Dont l'erreur sut armer d'une secte la main,
Pour faire un noir conflit dans tout le genre humain;
Montreront l'homicide en face des squelettes,
Qui sera torturé par des peines secrètes!
Le meurtrier livide, en proie à ce remords,
Est un de ces tyrans que l'on nomme esprits forts,
Qui n'ont reçu que l'art d'étreindre leurs victimes,
Et creuser sous leurs pieds les plus profonds abîmes!
Voilà ce communisme où l'on met notre espoir!
Dans quel égarement l'homme ici-bas peut choir!
Mais tous ces beaux penseurs, cette tourbe d'apôtres
Ne font que nous armer les uns contre les autres.
Homme, dis-le moi donc, que devient ta raison
Quand on t'a dépouillé de ta religion?

L'odieux suicide a surchargé ma toile :
Sur ce drame effrayant je tire enfin le voile.
D'un peuple en liberté si j'ai peint les excès,
Je l'ai fait pour le bien; pardonnez-moi, Français!
Le pauvre narrateur se prête à l'esclavage,
Il vogue au gré des flots pour atteindre au rivage!
Oui, j'ai livré ma course, et je sais à quel prix!

J'ai trop longtemps souffert des maux de mon pays;

Je repousse aux enfers la fatale discorde;

J'appelle de mes vœux entre nous la concorde!

Que tous les gens de cœur, sachant unir leurs voix,

Toujours, pour gouverner, se fixent aux bons choix.

De nos ressentiments lavons la moindre trace;

Dans l'intérêt commun il faut que tout s'efface :

Si nous voulons rester la grande nation,

Le mot d'ordre est pour tous : Amour, Paix, Union!

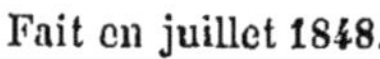

Fait en juillet 1848.